不可能的任務
IMPOSIBLE

文‧圖｜伊索爾 ISOL
譯｜李家蘭
美術設計｜洪千凡、蕭雅慧

編輯總監｜高明美
總編輯｜陳佳聖
副總編輯｜周彥彤
行銷經理｜何聖理
印務經理｜黃禮賢

社長｜郭重興
發行人暨出版總監｜曾大福
出版｜步步出版Pace Books
發行｜遠足文化事業股份有限公司
地址｜231新北市新店區民權路108-2號9樓
電話｜02-2218-1417
傳真｜02-8667-1891
EMAIL｜service@bookrep.com.tw
客服專線 0800-221-029
法律顧問｜華洋國際專利商標事務所 蘇文生律師
印刷｜凱林彩印股份有限公司
初版｜2019年5月
定價｜320元
書號｜1BSI1049
ISBN 978-957-9380-33-1

Imposible
by Isol
© (2018) Fondo de Cultura Económica
Carretera Picacho Ajusco 227,
14378, Ciudad de México

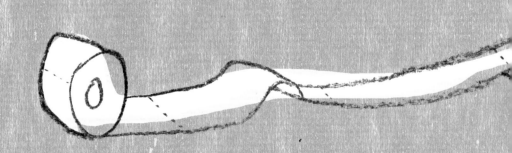

文·圖／伊索爾

譯／李家蘭

不可能的任務

多多只有兩歲半

他的爸爸和媽媽很喜歡他。

但是爸爸和媽媽也喜歡
在晚上好好睡一覺。

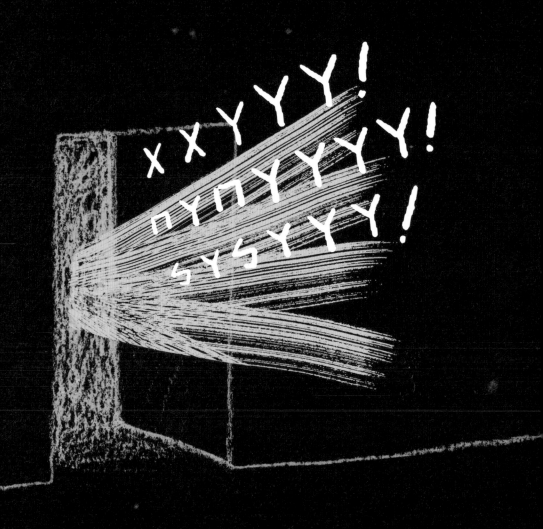

爸爸說：　　　　媽媽說：
「該你了。」　　「可是上一次是我去的耶！」

多多的父母也喜歡
過更清閒的日子……

「怎麼啦？」

如果可以
安安靜靜
吃一頓飯
那就太好了。

「寶貝，你看，
小魚，好吃耶……」

口不！！

「你真的不想上廁所嗎？」

「真的！」

他們買了
一個可愛的便桶，
好希望
多多開始
懂得上廁所。

老實說，能睡一次午覺不知道有多好。

「他還不睡啊？」

這樣一天下來，
多多的爸爸和媽媽都累趴了。

他們希望有一天

多多會改變……

一切都會變得比較簡單。

有一天，他們在報紙上看到一則令人滿懷希望的廣告：

「你累了嗎？你煩惱嗎？美麗安女士能幫你解決

所有的問題，包括家庭、健康、金錢和愛情方面的問題。

採用科學辦法，提供天然藥水，

藥效特快。」

他們馬上掛號。

「你們好。」專家說。
「有什麼需要我幫忙的？」

「是我們的孩子。」媽媽說。
「我們希望多多能夠改變，」
「看起來那是不可能的。」爸爸說。

「總是有解決的辦法。
多多有什麼問題嗎？」

「對，對！
有可能嗎？」

「可不可以
再加一條？
要他洗澡的時候
不亂噴水？」

「好了！
今天晚上你們在他的枕頭上撒一點這種魔法粉。
明天你們的問題都會解決了。
算你們八百元。」

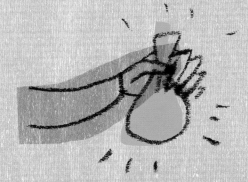

多多的爸爸和媽媽按照指示做，
然後很累的躺在床上。
那一夜，他們好好的睡了一覺。

他們睡了好久，
一直睡到天色大白才醒來。

「哇!多多難道還在睡？」

「他還好吧？」

「唉！現在我們該怎麼辦？」

「指甲呢？是你幫他剪嗎？」

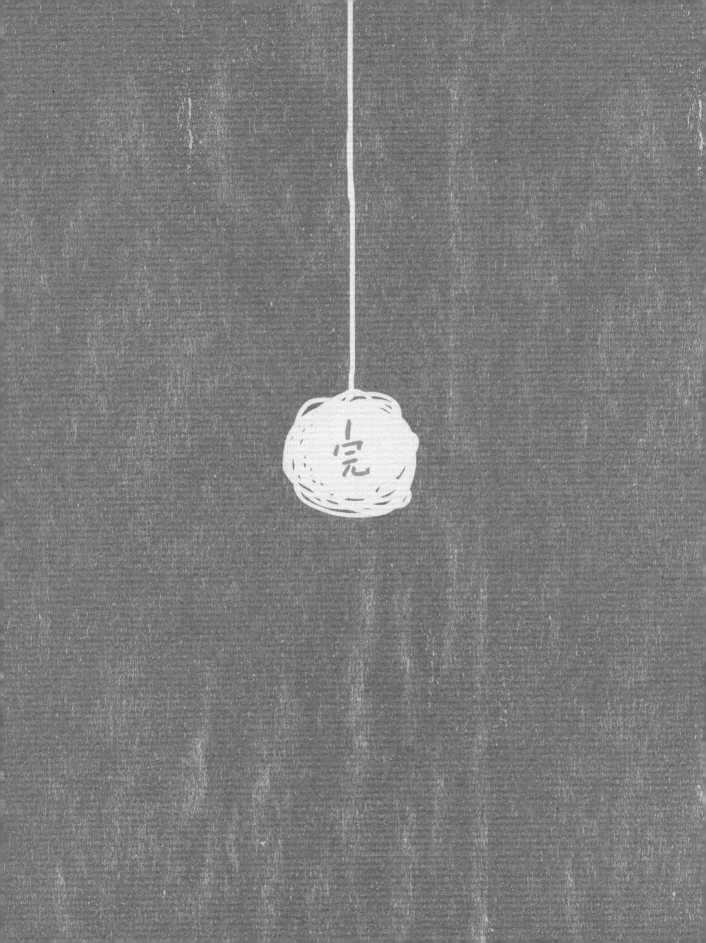

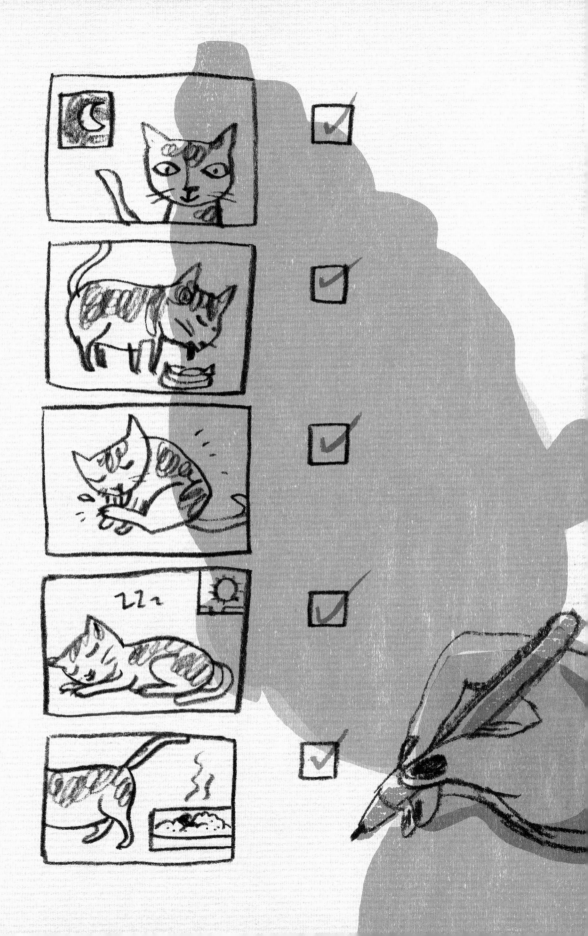